© 2014, Editorial Corimbo por la edición en español
Av. Pla del Vent 56, 08970 Sant Joan Despí, Barcelona
e-mail: corimbo@corimbo.es
www.corimbo.es
Traducción al español de Macarena Salas
1ª edición abril 2014
© 2012, Komako Sakai
Título de la edición original: *Hanna-chan ga Me wo Samashitara*
(KAISEI-SHA Publishing Co., Ltd., Tokyo, 2012)
Edición en español publicada de acuerdo con KAISEI-SHA Publishing Co., Ltd.
A través de Japan Centre/Ute Corner Literary Agent Please amend this to read:
A través de Japan Foreign-Rights Centre/Ute Körner Literary Agent, S.L.

Depósito legal: B. 11020-2013
ISBN: 978-84-8470-482-9

Komako Sakai

La pequeña Ana

Corimbo

Una noche,

la pequeña Ana se despertó
de repente y se sentó en la cama.

Pero todavía estaba oscuro.

Le pareció muy extraño,
así que llamó a su hermana mayor.

Pero su hermana mayor estaba profundamente dormida.
No se despertó ni un poquito.

Así que Ana y su gato, Chiro,

fueron juntos al baño a hacer pipí.

Todos estaban dormidos.
La hermana mayor de Ana.
Su mamá. Su papá. Todos.

Así que Ana le dio un poco de leche a Chiro

y se comió unas cerezas sin que nadie la viera.

Nadie le podía decir nada.

Nada de nada.

Cuando Ana volvió a su habitación,
su hermana mayor seguía dormida.

Con mucho cuidado,
Ana le quitó la muñeca.

Y su caja de música,

su cuaderno, sus lápices de colores y su plumier.

Y después se metió en la cama para jugar.

Su hermana mayor no se despertó ni
un poquito y a Ana le dio la risa.

Entonces oyó un ruido.
Huuuh huh, huuuh huh.

Se acercó a la ventana
y vio una paloma arrullando.

Era lo más bonito
que había visto en su vida.

Se había hecho de día sin que Ana se diera cuenta.

En ese momento,
Ana empezó a bostezar.

Se le cerraban los ojos y se acurrucó a los
pies de la cama de su hermana mayor.

Y se quedó dormida.